LES TROIS JOURNÉES.

Ce Recueil se vend aussi,

A Besançon, chez M.   Deis, Libraire.
Bordeaux. . . . .   Vᵉ Bergeret. — Mᵐᵉ. Dutrey.
Clermont-Ferrand. . . . .   Landriot.
Colmar . . . .   Pannetier.
Evreux . . . .   Ancelle.
L'lle. . . . .   Vanackère.
Limoges. . . . .   Barbou.
Lyon . . . .   Maire. — Vᵉ. Barraud.
Mans . . . .   Palfray.
Marseille . . . .   Chardon. — Masvert.
Meaux. . . . .   Dubois.
Montauban . . . .   Laforgue fils.
Moulins. . . - - . . . . .   Desroziers.
Nantes. . . . .   Mᵐᵉ. Malassis.
Nevers. . . . .   Martin frères.
Nismes . . . .   Gaude.
Noyon. . . . .   Despalles.
Rennes . . . .   Mˡˡᵉ. Vatar.
Rouen. . . . .   Renault. — Frère.
Strasbourg. . . . .   Fischer. — Treutel et Wurtz.
Toulouse . . . .   Sénac.
Versailles . . . .   Augé.

Et dans les principales villes de France, chez les principaux Libraires.

C.

LES TROIS JOURNÉES

OU

RECUEIL

DES DISCOURS EN VERS

*Adressés au nom de la Garde Nationale Parisienne,
les 12 Avril, 3 Mai et 8 Juillet 1816, 1817 et 1818,
au Roi, et à S. A. R. Monsieur,*

Par M. ALISSAN DE CHAZET,

Chevalier de l'Ordre Royal de la Légion d'Honneur.

J'acquis, en pleurant son absence,
Le droit de chanter son retour.

Prix : 1 fr. 25 c.

PARIS,

GUEFFIER, IMPRIMEUR-LIBRAIRE, ÉDITEUR,
RUE GUÉNÉGAUD, N°. 51;
Et chez les principaux Libraires.
1818.

PROPRIÉTÉ DE L'ÉDITEUR.

AVIS DE L'ÉDITEUR.

Nous croyons devoir placer en tête de ce Recueil le compte qui en a été rendu dans le *Moniteur ;* il était impossible de faire ressortir les beautés poétiques de ces différens Ouvrages avec plus de discernement et de goût : des suffrages encore plus précieux et plus imposans sont consignés dans les notes.

(*Extrait du Moniteur, du 7 juillet 1817.*)

« De tous les auteurs qui, depuis le second retour du Roi, ont célébré les grandes époques de la restauration, aucun n'avait acquis ce droit honorable par des sacrifices plus nombreux et par un dévouement plus pur que M. de Chazet : on se rappelle que pendant l'interrègne, le 16 juin, au moment où le canon annonçait aux Parisiens les succès de l'usurpateur à Charleroi, il eut le courage d'écrire, d'envoyer à tous les journaux, et de signer une lettre dans laquelle il rendait aux vertus et aux malheurs de S. M. Louis XVIII un hommage public. Cette lettre est un modèle de noblesse, de force et de mesure ; c'est après l'avoir lue qu'un personnage auguste dit : « Quoique les vers de M. de Chazet soient » fort jolis, sa prose vaut encore mieux. »

» C'est de ses vers que nous avons à nous occuper aujourd'hui, et nous sommes heureux, après avoir loué l'auteur comme Français, de pouvoir le louer encore comme poète : ses différens hommages nous ont paru offrir des beautés de plusieurs genres, et nous ne serons pas embarrassé des preuves. Aime-t-on les comparaisons fines, justes, et rendues avec autant de précision que de clarté, ou peut lire les vers suivans ; l'auteur veut exprimer que l'interrègne a pu indiquer quels étaient les véritables amis du Roi.

. . . .

Au sein des tempêtes nouvelles,
Et les ingrats et les fidèles
Se sont dévoilés à vos yeux.
Entrons dans ce laboratoire
Où la chimie attise ses fourneaux,
Par le creuset épuratoire
L'or fin est à l'instant séparé de l'or faux ;
Ainsi, par une épreuve à-la-fois prompte et sûre,
Le malheur priva l'imposture
D'un masque de fidélité,
Et la vertu sortit plus brillante et plus pure
Du creuset de l'adversité.

» Ceux qui préfèrent le langage du sentiment embelli des plus douces couleurs de la poésie, pourront se satisfaire en lisant ces vers qui terminent l'Anniversaire du 3 mai.

. . . .

Pour nous votre malheur ne fut pas une épreuve.
Lorsque le ciel nous a donné
Un monarque clément et sage.
Il est bien plus chéri s'il est infortuné.
Il peut se voir contraint de céder à l'orage,
Mais il n'est jamais détrôné.
Il commande de loin, il règne en son absence :
On l'aime, et c'est là sa puissance.
Ainsi, dans votre exil vous emportiez nos vœux ;
Voilà les cœurs français ; Sire, voilà les nôtres !.....
Pardonnez si des pleurs s'échappent de nos yeux :
Ce sont des pleurs d'amour..... Sous votre règne heureux
On n'en répandra jamais d'autres.

» Il fallait des couleurs plus fortes et un pinceau plus vigoureux pour retracer les malheurs de l'usurpation : l'auteur a montré dans ce tableau un talent encore plus remarquable, et rien ne nous

semble plus poétique et plus majestueux que ce début de l'Anniversaire du 8 juillet :

Je te salue, ô jour trois fois heureux !
Gage brillant du bonheur de la France,
Tu seras célébré par nos derniers neveux
Comme le jour de délivrance.
L'utile souvenir de tous les maux soufferts
Seul pourra désormais en éloigner l'atteinte ;
Le destin, en brisant nos fers,
Exprès nous en laissa l'empreinte.
Le temps sembla s'arrêter dans son cours,
Et, sans pitié pour nos douleurs mortelles,
Ne garda que sa faulx et déposa ses aîles
Pendant le siècle des cent jours.

» Aime-t-on les portraits ressemblans, on sera charmé du modèle que l'auteur a choisi :

C'est ce prince qui joint, simple et bon sans foiblesse,
Une indulgence heureuse au plus pur dévouement,
La grâce à la délicatesse,
Et l'héroïsme au sentiment ;
Fait pour offrir tous les modèles,
Aux citoyens comme aux guerriers ;
Le plus loyal des chevaliers,
Le premier des sujets fidèles.

» Deux qualités fort rares distinguent le talent de **M. de Chazet :**
la première est d'unir la clarté du style à la finesse des pensées ; et
la seconde est de créer des expressions très-heureuses, qui ne sont
pourtant point des néologismes, mais dont aucun auteur ne s'était
servi avant lui : *Capitule avec le bonheur ; le siècle des cent jours ;
les courtisans du malheur*, sont des hardiesses approuvées par le
goût ; ce sont des espèces de bonnes fortunes dont les muses sont
très-avares.

» Nous n'entreprendrons pas de citer ici toutes les pensées ingé-
nieuses et fines que l'on rencontre dans ces différens hommages :
le recueil est pétillant d'esprit, mais de cet esprit si naturel, que
le lecteur s'écrie : *J'en aurais dit autant.* Il serait ensuite tout su-
pris de découvrir combien il faut de travail pour acquérir cet air

d'aisance ; c'est là ce que Boileau appelait *faire difficilement des vers faciles*. M. de Chazet, qui avait depuis long-temps la réputation d'un homme de beaucoup d'esprit, a pris, dans ces dernières productions, un vol encore plus élévé ; chargé d'exprimer au Roi et à S. A. R. Monsieur les sentimens de la garde nationale, cette noble mission a enflammé son zèle et augmenté ses forces : il a (chose bien rare) obtenu, ou plutôt forcé le suffrage des poètes ses émules ; et loin d'avoir à redouter le sort de cet auteur à qui l'on disait :

Chantez la circonstance et mourez avec elle,

il a trouvé dans ses Anniversaires l'occasion de développer ses talens, et il a fait de ces à-propos de véritables titres littéraires. »

LES TROIS JOURNÉES.

Anniversaire du 12 avril 1814. [1]

A S. A. R. MONSIEUR.

Avril nous ramenant l'agréable tableau
    De la jeunesse de l'année,
Au bienfait du Printems joint un bienfait nouveau,
Et nous ramène aussi cette heureuse journée,
Où, faisant succéder le bonheur à l'effroi,
    Et le plaisir à la souffrance,
Paris, en retrouvant et la paix et son Roi,
    Revit le noble fils de France. (2)
    De ce beau jour, qui n'eût pas dû finir,
    O Muse ! retrace l'image.
Des biens qu'on a goûtés on ressaisit l'usage
    Par le charme du souvenir,
Et peindre le bonheur, c'est encore en jouir.
Déjà nos citoyens, entraînés par leur zèle
    Jusques aux plaines de Livri,
    Du frère de leur Roi chéri
    Cherchent la bannière immortelle.
D'Artois paraît.... On n'entend plus qu'un cri :
    Vive le Roi !.... C'est un délire
Qui se propage à l'aspect d'un Bourbon.
    On pleure, on regarde, on admire
    Son air à-la-fois noble et bon.

Quelle allégresse était la nôtre !
De Louis, heureux précurseur,
Quand vous nous donniez un bonheur,
Vous nous en promettiez un autre :
Plus empressé que circonspect,
Auprès de vous chacun veut trouver place.
On vous entoure, on vous embrasse :
L'excès d'amour nuit au respect.
Votre accueil nous séduit, votre bonté nous touche,
Et tous les mots sortis de votre bouche
Sont recueillis et retenus.
« Après une trop longue absence,
» Je retrouve des cœurs qui me sont bien connus
(Nous disiez-vous) ; «J'arrive, et rien ne change en Franc
» On n'y voit qu'un Français de plus. » (3)
Mais déjà de Paris on franchit la barrière ;
On voudrait, pour vous voir, fixer le vol du tems,
Et dans un seul faubourg la capitale entière
Rassemble tous ses habitans.
Pour vous bénir toutes les voix s'unissent ;
De nos cris les airs retentissent.
Chacun répète : C'est bien lui !...
De la félicité son retour est le gage ;
Oui, le voilà, nous revoyons Henri,
Son sang.... et sur-tout son image.
Des lauriers, des festons, tracent votre chemin ;
Pour le spectateur idolâtre
Chaque fenêtre est un jardin,
Chaque toît un amphithéâtre :
Tous les cœurs sont électrisés ;

On se heurte, on se précipite,
Et les mouchoirs que l'on agite
Sont des drapeaux improvisés.
Chacun à l'envi se signale,
Et, comme aux tems des Nemours, des Bayards,
Les dames sur vos pas jettent la fleur royale
Qui brille sur nos étendards;
C'est une marche triomphale.
Bientôt le temple s'ouvre, on entend votre voix
Bénir le Dieu que l'Univers adore,
Et, le front prosterné, le fils des Rois implore
Celui par qui règnent les Rois.
Vous traversez les flots d'une foule joyeuse,
Pour vous rendre au palais de vos nobles aïeux.
On signale des malheureux
A votre bonté généreuse;
Soudain vous leur rendez et l'espoir et la paix :
Ainsi cette belle journée,
Qui commença par des bienfaits,
Par des bienfaits fut couronnée !...
Un an s'écoule !... O douleur ! ô regrets !...
Faut-il, hélas ! que je vous peigne
Tant de grandes erreurs, tant de lâches forfaits?
Vous le savez du moins, les cœurs vraiment français
N'ont jamais connu d'interrègne. (4)
D'ailleurs, vos revers si fameux
Ont éclairé votre cœur généreux :
Au sein des tempêtes nouvelles,
Et les ingrats et les fidèles
Se sont dévoilés à vos yeux.

Entrons dans ce laboratoire
Où la chimie attise ses fourneaux,
Par le creuset épuratoire
L'or fin est à l'instant séparé de l'or faux ;
Ainsi, par une épreuve à-la-fois prompte et sûre,
Le malheur priva l'imposture
D'un masque de fidélité,
Et la vertu sortit plus brillante et plus pure
Du creuset de l'adversité.

Un plus beau jour luit enfin sur la France ;
La vérité tardive a remplacé l'erreur,
Et vous voyez fêter par la reconnoissance
L'anniversaire du bonheur.
Nos vœux et nos respects sont notre simple offrande,
Chacun à vous chérir a pu s'accoutumer :
S'il fallait des leçons, le chef * qui nous commande
Nous apprendrait à vous aimer.
De vos brillans drapeaux chacun se rendra digne ;
Et, dans la Garde où nous servons,
Fidélité, dévoûment aux BOURBONS,
Seront toujours notre consigne :
A notre Roi nous le jurons.
Ce doux serment que ma voix vous annonce,
Franc comme vos discours, pur comme votre cœur,
Il sera rempli par l'honneur,
Et c'est l'amour qui le prononce.

* M. le Maréchal duc de Reggio.

NOTES.

(1) L'auteur a eu l'honneur de lire ces vers à S. A. R. Monsieur, frère du Roi, le 12 avril 1816; il portait la parole au nom de la garde nationale parisienne, et S. A. R. eut la bonté d'accueillir cet hommage avec la plus grande bienveillance. Le lendemain, S. Ex. Mgr. le Maréchal duc de Reggio voulut bien en faire mention dans l'ordre du jour. L'auteur n'en rapportera pas ici les expressions beaucoup trop flatteuses; mais il les conserve avec la plus vive et la plus respectueuse reconnaissance.

(2)   Paris, en retrouvant et la paix et son Roi,
        Revit le noble Fils de France.

Ceux qui ont été témoins et acteurs dans cette mémorable journée, peuvent seuls avoir une idée de l'enthousiasme universel et du spectacle qu'offrait la capitale. On peut lire les journaux d'avril 1814; mais tous les récits sont au-dessous de la vérité, et les expressions manqueront toujours, soit en prose, soit en vers, pour bien peindre une scène aussi touchante.

(3)   J'arrive, et rien ne change en France;
        On n'y voit qu'un Français de plus.

On sent que l'auteur n'a pu citer que très-peu de ces mots charmans qui semblent s'échapper du cœur de cet excellent Prince : on n'a pas oublié cette répartie si heureuse et si remplie de sensibilité que fit S. A. R. à un garde national, qui, poussé par les flots d'une foule immense, était tombé, et, dans sa chute, avait heurté Monsieur : ce Prince, auquel il faisait des excuses, lui répondit : « Vous êtes tombé sur mon cœur, c'est la place d'un Français. »

Un grand nombre de réponses et de mots également empreints de cette bonté parfaite, qu'on pourrait nommer *bourbonnienne*, se trouvent rapportés dans un ouvrage fort intéressant, intitulé *le Panache blanc*, et publié par M. Augustin Hapdé.

(4)   Les cœurs vraiment français
        N'ont jamais connu d'interrègne.

Si ces temps d'épreuve et de malheurs ont navré le cœur des bons Français, en donnant lieu à des traits qui caractérisaient la plus insigne lâcheté et la plus noire trahison, on se repose avec le plus vif plaisir sur ces actions nobles et généreuses qui honorent des sujets fidèles et profondément dévoués à leur ROI : un des plus beaux monumens de courage, lors de cette déplorable époque, est la protestation publiée à Bordeaux, par M. Lainé, qui était alors président de la chambre des députés.

Protestation de M. LAINÉ, président de la chambre des députés.

Au nom de la nation française, et comme président de la chambre des représentans, je déclare protester contre tous les décrets par lesquels l'oppresseur de la France prétend prononcer la dissolution des chambres. En conséquence, je déclare que tous les propriétaires sont dispensés de payer des contributions aux agens de Napoléon Bonaparte, et que toutes les familles doivent se garder de fournir, ou par voie de conscription ou de recrutement quelconque, des hommes pour sa force armée. Puisqu'on attente d'une manière aussi outrageante aux droits et à la liberté des Français, il est de leur devoir de maintenir *individuellement* leurs droits; depuis long-temps dégagés de leurs sermens envers Napoléon Bonaparte, et liés par leurs vœux et leurs sermens à la Patrie et au Roi, ils se couvriraient d'opprobre aux yeux de la nation et de la postérité, s'ils n'usaient pas des moyens qui sont au pouvoir de chaque individu. L'histoire, en conservant une reconnaissance éternelle pour les hommes qui, dans tous les pays libres, ont refusé tout secours à la tyrannie, couvre de son mépris les citoyens qui oublient assez leur dignité d'homme pour se soumettre à ses misérables agens. C'est dans la persuasion que les Français sont assez convaincus de leurs droits, pour m'imposer le devoir sacré de les défendre, que je fais publier la présente protestation, qui, au nom des honorables collègues que je préside, et de la France qu'ils représentent, sera déposée dans les archives, à l'abri des atteintes du tyran, pour y avoir recours au besoin.

Signé LAINÉ.

Bordeaux, ce 28 mars 1815.

Anniversaire du 3 mai 1814. [1]

AU ROI.

D'un prince cher à notre amour,
Et que l'Europe entière honore,
J'ai déjà chanté le retour :
Mon cœur veut que je chante encore.
De la félicité j'ai célébré l'aurore :
Je dois en célébrer le jour.
Vous avez seul accompli pour la France
Tout l'avenir promis par votre précurseur ;
En retraçant les biens dus à votre présence,
Le poète de l'espérance
Devint le peintre du bonheur.
Et quel Français pourrait se taire,
Lorsque le plus brillant des mois
Nous ramène un anniversaire, [2]
Qui revient aujourd'hui pour la seconde fois,
Et que nous célébrons, hélas ! pour la première ?
Du grand art de régner, comme règne un Bourbon,
D'Artois faisait le noble apprentissage :
Il commandait en père, il gouvernait en sage ;
Il faisait bénir votre nom,
Pour mieux retracer votre image !....
Vous revenez, après vingt ans,
Dans cette France si chérie :

Vous revoyez tous vos enfans,
Qui vivaient en exil dans leur propre patrie.
Vous revenez.... victimes à la fois
Et du caprice et de la guerre,
Nous retrouvons et la paix et des lois,
Double bienfait de notre père.
Vous méditiez de loin cet ouvrage immortel,
Où la sagesse et la prudence,
Le génie et l'expérience,
Ont, dans un Code paternel,
D'une liberté sage établi la balance ;
Où, d'accord avec l'équité,
La loi nous sert toujours d'arbitre ;
En un mot, *votre plus beau titre* *
Aux yeux de la postérité. (3)
Son code en main, le Salomon de France,
De nos murs vient bannir l'effroi :
Il entre, et tout Paris s'élance
Affamé de revoir son Roi ;
Il entre : chacun, à sa vue,
Du bon Henri, qu'on croit voir arriver,
Redresse l'antique statue ;
Des monstres l'avaient abattue,
Des Français vont la relever. (4)
Chacun disait avec reconnaissance,
En contemplant le Béarnais :
Il est juste qu'enfin l'on nous rende ses traits,
Puisque son règne recommence.
C'est pour fêter cet immortel retour,

* Discours du Roi à la Chambre des Députés.

Cette journée à la-fois noble et sainte,
Qu'on nous permet de garder un seul jour
    Du palais la royale enceinte !....(5)
        Ah ! c'est trop peu pour tant d'amour !
Oui, c'est trop peu pour des sujets fidèles ;
Un seul jour ne saurait contenter nos désirs.
Ce temps qui pour la peine a des langueurs mortelles,
        Pourquoi faut-il qu'il ait des ailes
        Lorsqu'il emporte nos plaisirs ?
Ah ! du moins profitons de ce moment prospère,
        Pour voir, pour admirer de près
Du second Saint Louis la fille auguste et chère,
        Votre Antigone et l'Ange des Français ;
Pour contempler aussi les traits d'un tendre père,
        Dont la douce et franche bonté
        Veut qu'on aime et non pas qu'on craigne,
        Et dont la noble aménité
        Présente au regard enchanté
L'image du bonheur promis à votre règne.
Oui, Sire, c'est en vain que le fier conquérant,
Qu'on admire et qu'on fuit, qu'on cite et qu'on abhorre,
        Usurpe le beau nom de grand.
    Le plus grand prince est celui qu'on adore ;
    Un calme heureux dure plus qu'un vain bruit,
    Nous préférons, pour le repos du monde,
        Au torrent fougueux qui détruit,
        Le fleuve utile qui féconde ;
La paix et le bonheur valent bien les exploits :
L'olivier fut toujours le laurier des bons rois.
On l'a dit et redit sur la foi d'un adage,

2

Qui par l'erreur nous fut transmis :
« Si la grandeur du trône est le partage,
Les souverains n'ont point d'amis. »
Ce n'est là qu'un faux témoignage.
Sire, regardez-nous, nous sommes tous d'accord
Pour démontrer que le proverbe a tort ;
De la fidélité nos cœurs portent la preuve * :
Pour nous votre malheur ne fut pas une épreuve ;
Lorsque le ciel nous a donné
Un monarque clément et sage,
Il est bien plus chéri s'il est infortuné.
Il peut se voir contraint de céder à l'orage,
Mais il n'est jamais détrôné.
Il commande de loin, il règne en son absence :
On l'aime, et c'est là sa puissance.
Ainsi dans votre exil vous emportiez nos vœux ;
Voilà les cœurs français, Sire, voilà les nôtres !....
Pardonnez si des pleurs s'échappent de nos yeux.
Ce sont des pleurs d'amour...Sous votre règne heureux
On n'en répandra jamais d'autres.

* La nouvelle Décoration de la Garde nationale.

NOTES.

(1) L'auteur a eu l'honneur de lire ces vers à SA MAJESTÉ, le 3 Mai 1816, portant la parole au nom de la Garde nationale parisienne. Sa Majesté a bien voulu lui dire les choses les plus flatteuses, et a témoigné sa satisfaction, le soir, à l'ordre, en présence de tous les officiers de sa maison.

(2)   Nous ramène un anniversaire,
          Qui revient aujourd'hui pour la seconde fois,
          Et que nous célébrons, hélas ! pour la première.

L'anniversaire du 3 mai 1814 n'avait pu être célébré en 1815 : à cette époque l'usurpateur opprimait la France, trompait les faibles, faisait insulter dans ses journaux les sujets fidèles, et préparait la grande comédie du Champ-de-mai.

(3)   Votre plus beau titre
          Aux yeux de la postérité.

Ces paroles furent prononcées par Sa Majesté, à la séance royale qui eut lieu à la Chambre des Députés, au mois de mars 1815 : c'est dans cette séance que S. A. R. MONSIEUR, S. A. R. Monseigneur le Duc de BERRY, et S. A. R. Monseigneur le duc d'ORLÉANS prêtèrent serment de fidélité à la Charte constitutionnelle.

(4)   Des monstres l'avaient abattue,
          Des Français vont la relever.

Une chose bien extraordinaire et bien digne de remarque, c'est que Bonaparte, pendant tout le temps qu'a duré son invasion, n'a pas osé faire abattre la statue du bon Henri : on assure que des ordres secrets avaient été donnés pour ce renversement sacrilége, dans le cas où la bataille de Waterloo aurait été gagnée par l'usurpateur.

(5)   On nous permet de garder un seul jour
          Du palais la royale enceinte.

Une ordonnance du Roi porte que tous les ans, le 3 mai, la Garde nationale de Paris fera le service du Château, et remplacera, pendant vingt-quatre heures, MM. les Gardes-du-Corps, MM. les Gardes de la Prévôté, les Cent-Suisses, enfin toutes les troupes qui font le service habituel.

Anniversaire du 8 Juillet 1815. [1]

AU ROI.

JE te salue, ô jour trois fois heureux !
Gage brillant du bonheur de la France,
Tu seras célébré par nos derniers neveux
Comme le jour de délivrance.
L'utile souvenir de tous les maux soufferts
Seul pourra désormais en éloigner l'atteinte ;
Le Destin, en brisant nos fers,
Exprès nous en laissa l'empreinte.
Le Temps sembla s'arrêter dans son cours,
Et, sans pitié pour nos douleurs mortelles,
Ne garda que sa faulx et déposa ses ailes
Pendant le siècle des cent jours. [2]
Le colosse, porté sur les bras des parjures,
Avec fracas venait de s'écrouler ;
La patrie essuyait ses sanglantes blessures....
Quand le Roi tout-à-coup revient nous consoler.
Dès que ce bruit flatteur a parcouru la ville,
Les soldats citoyens, par leur zèle entraînés,
Noblement indisciplinés,
Volent, malgré leur chef, aux plaines d'*Arnouville* :
On veut en vain leur inspirer l'effroi,
Des factieux ils bravent la colère ;
Rien n'arrête un enfant qui veut revoir son père,

Rien n'arrête un sujet qui veut revoir son Roi.
Mais tandis qu'à Paris la ligue furieuse
   Des vils apôtres de l'erreur,
  En repoussant une main généreuse,
   Capitule avec le bonheur,
Une heureuse nouvelle à l'instant est semée;
   On la recueille, on la répand,
   L'écho la répète et s'étend
   Dans la capitale charmée....
Le Roi de France est entré dans nos murs !...
Soudain la ville entière est sa brillante escorte :
   En offrande chacun lui porte
Et l'ardeur la plus vive et les vœux les plus purs.
Le soleil sans nuage éclaire son entrée;
   Les Français peuvent tour-à-tour
   Jouir de sa vue adorée :
   Un tyran seul craint le grand jour.
Auprès du char royal sont ces guerriers fidèles,
  Ces maréchaux, vétérans de l'honneur,
Du trône menacé les nobles sentinelles
   Et les courtisans du malheur.
   Bravant la froide symétrie,
   Le délire a rompu les rangs;
   On se pousse, on se presse, on crie :
   Les petits sont auprès des grands;
   L'amour a franchi les distances,
   Le plaisir est la seule loi.
Le mot d'ordre est *bonheur,* les marches sont des danses,
   La musique est *vive le Roi !*
Pour le cœur des Bourbons n'est-ce pas la meilleure !

C'est au milieu de ce concert d'amour
Que Louis a gagné sa royale demeure.
Mille voix à l'envi célèbrent son retour :
De tous ses sentimens Louis veut nous instruire;
Et comme son bonheur est de se voir aimer,
    Il veut aussi nous exprimer
    Qu'il ressent l'amour qu'il inspire.
Mes amis, mes enfans.... c'est tout ce qu'il peut dire;
Sa grande âme s'agite; on voit ses pleurs couler;
    Sur ses lèvres sa voix expire;
Pour la première fois il ne saurait parler.... (4)
Bon Roi, nous comprenons votre éloquent silence,
    Et pour calmer votre sensible cœur,
Nous allons vous offrir le tableau du bonheur.
    Aussitôt la foule s'élance :
    Chacun se serre, chacun court,
    Ce n'est plus qu'une chaîne immense,
    Et l'on voit sauter en cadence
    La paysanne au jupon court,
    Les maîtresses et les soubrettes,
    Et les mamans et les fillettes,
    Les ouvriers, les gens de lois,
    Et les nobles, et les bourgeois :
    La duchesse en grande parure,
    Et la coquette en négligé;
    C'était la France en miniature,
    C'était Paris en abrégé. (5)
Depuis ce jour, si cher à nos âmes ravies,
    Que de malheureux consolés,
    De pleurs taris, de vœux comblés

Et d'espérances accomplies !
Naguère encor, quand l'hymen le plus beau
    Réalisa notre espérance !
C'est, grâce à notre Roi, que d'un trésor nouveau
    L'Italie a doté la France.
L'auguste Caroline unit des dons charmans :
    Aménité, bienfaisance, talens,
    Doux caractère, esprit facile,
    Elle a tout et n'a pas vingt ans ;
    C'est bien la preuve qu'en Sicile
    La moisson se fait au printems.
    Cet hymen, fécond en prodiges,
    Va multiplier nos Bourbons :
    Quand l'amour assortit deux tiges,
    On est bien sûr des rejetons.
    Pour mieux mériter notre hommage,
Ah ! puissent-ils, à nos yeux réjouis,
    De l'esprit, du cœur de Louis,
    Retracer la vivante image !
A notre amour qui peut nier ses droits ?
    Notre bonheur n'est-il pas son ouvrage ?
Aimez-le, magistrats qui chérissez les lois ;
Aimez-le, malheureux dont il entend la voix ;
Aimez-le, francs guerriers, de nos preux les modèles,
Dont il ne veut jamais oublier la valeur ;
    Aimez-le, guerriers infidèles,
    Dont il veut oublier l'erreur ;
    Aimez-le, par reconnaissance,
Fils d'Apollon, pour qui l'or n'est pas tout,
    Dont la plus noble récompense

Est le suffrage du bon goût;
Aimez-le, commerçans, car sa raison profonde
D'un calme nécessaire est le plus ferme appui;
Aimez-le, vous trouvez en lui
Le garant de la paix du Monde;
Aimons-le tous, et songeons bien
Que, pour payer tant de bienfaits durables,
Pour acquitter nos cœurs envers le sien....
Nous serons toujours insolvables.

NOTES.

(1) C'est dans le cabinet de Sa Majesté que l'auteur a eu l'honneur de réciter ces vers, le 9 juillet 1816 : il a été introduit par
Son Excellence Monseigneur le duc de la Châtre, premier gentilhomme de la Chambre. Sa Majesté était entourée de Monseigneur
le Maréchal duc de Reggio, de Monseigneur le duc d'Escars, de
Monseigneur le duc d'Havré, etc. etc. Le Roi a eu l'extrême bonté
de dire a l'auteur : « Je suis aussi content que le 3 mai. »

(2) *Le siècle des cent jours.* Cette locution poétique a été géné-
ralement approuvée ; quelques personnes l'ont cependant critiquée :
je ne crois pas pouvoir les combattre d'une manière plus victo-
rieuse qu'en leur disant, pour toute réponse, que le Ministre de
l'intérieur a dit, huit mois après, à la Chambre des Députés :
« Plusieurs réfugiés Espagnols ont tenu une conduite très-hono-
rable pendant le siècle des cent jours. » Jamais expression plus
hardie n'a été consacrée par l'autorité d'un plus beau talent.

(3)   Nos soldats citoyens par leur zèle entraînés,
        Volent, malgré leur chef, aux plaines d'Arnouville.

Je m'abstiendrai, pour éviter des souvenirs pénibles et des ré-
criminations fâcheuses, de nommer le chef qui essaya d'arrêter,
par l'ascendant de son autorité, l'élan de tous les bons Français.
Vaines précautions, crime inutile, comme je le dis quelques vers
plus bas :

        Rien n'arrête un enfant qui veut revoir son père,
        Rien n'arrête un sujet qui veut revoir son Roi.

(4)   Pour la première fois il ne saurait parler.....

C'est encore une de ces scènes dont il faut avoir eu le bonheur
d'être témoin pour en connaître tout le prix : que l'on se figure celui
de tous les rois qui s'exprime avec la plus élégante facilité, et dont
tous les termes sont choisis sans qu'il ait le temps de les choisir,
réduit au silence par la force irrésistible de ses émotions et de nos

transports ; il ne pouvait que pleurer et sourire. Il faudrait plaindre ceux pour qui ce ne serait pas la plus douce éloquence.

(5)   C'était la France en miniature,
     C'était Paris en abrégé.

Quelques personnes ont trouvé cette peinture trop familière ; j'avoue que je ne puis ni concevoir ni partager leurs scrupules ; l'épisode que j'ai retracé est un des plus piquans et des plus curieux de cette mémorable journée , il entre tout naturellement dans mon sujet , et je ne vois pas pourquoi je me serais détourné, pour ne pas cueillir quelques fleurs qui se trouvaient sur ma route.

Anniversaire du 12 avril 1814. [1]

A S. A. R. MONSIEUR.

C'est en avril que la garde fidèle,
Qui de son général bénit les douces lois,
Osa vous adresser, en empruntant ma voix,
Le tribut de ses vœux, l'hommage de son zèle;
    Avril revient, et l'un de ses bienfaits
Est de nous ramener cette époque si chère
    Qui nous rendit les Bourbons et la paix.
Quand l'amour a parlé, je ne saurais me taire;
    Ainsi que tous les bons Français,
Il faut bien que ma muse ait son anniversaire.
    A retracer d'aussi doux souvenirs,
        C'est le cœur seul qui nous engage,
        Et renouveler notre hommage,
        C'est multiplier nos plaisirs.

Il est encor présent à notre âme attendrie,
    Cet heureux jour, ce jour avant-coureur
De la félicité promise à la patrie,
Où de nos citoyens l'élite réunie
A reçu de vos mains le présent enchanteur
        De cette cocarde chérie,
        Sans tache comme votre vie,
        Et pure comme votre cœur :

Quels doux transports furent les nôtres !
Vous inspiriez l'allégresse et l'amour,
Et de la monarchie enflammant les apôtres,
Vous veniez de Louis annoncer le retour,
Comme au printems c'est le premier beau jour
Qui nous annonce tous les autres.
Trois ans sont écoulés : par-tout on a béni
De vos vertus l'ineffable puissance,
Et je ne suis, pour en parler ici,
Gêné que par votre présence.
Oubliant qu'on peut être ingrat,
Être utile, c'est là votre bonheur suprême,
Et de vos revenus vous dépouillant vous-même
Pour augmenter ceux de l'État,
Assez riche puisqu'on vous aime,
D'une fausse grandeur vous dédaignez l'éclat;
Mais si vous épargnez le vain luxe des fêtes,
Vous ne retranchez rien de vos généreux dons.
Rien, de tout le bien que vous faites;
Voilà le luxe des Bourbons,
Voilà leurs dépenses secrètes.
L'Éternel, satisfait de vos efforts pieux,
Nous en offre la récompense;
Et, s'occupant du bonheur de la France,
Il a rendu fécond cet hymen glorieux,
Dont s'enorgueillit l'Italie,
Et qui promet à ma chère patrie
Pour l'empire des lis des rejetons nombreux.
Le jeune Henri (car c'est lui qui va naître (2),
Le ciel ne sera pas généreux à demi;

C'est lui que nous verrons sur le trône affermi,
Gouverner nos neveux plus en père qu'en maître),
    Le jeune Henri sera charmant.
  A mes regards, de ce royal enfant
     Tout l'avenir se développe,
     Et je vais ici franchement
     Faire en deux mots son horoscope :
De la vertu suivant toujours la loi,
    Comme vous il sera sincère,
    Il sera bon comme sa mère,
    Et clément comme notre Roi ;
    Brave et loyal par caractère,
    Plein de franchise et de gaîté,
Il unira l'esprit à la vivacité,
    Pour mieux ressembler à son père;
S'il voit des malheureux, il les consolera;
    Il saura, nouveau diable à quatre,
  Tout-à-la-fois aimer, plaire et combattre;
    En un mot, Henri cinq sera
    Le vrai petit-fils d'Henri quatre.
    S'il marche toujours sur les pas
De ses nobles parens, de son aïeul auguste,
    Il sera bienfaisant et juste :
  En vous suivant on ne s'égare pas.
Pour nous, toujours vous suivre est notre destinée.
    Nous la trouvons douce à remplir;
    Cette consigne fut donnée
Par vous-même, et chacun aime à s'en souvenir;
  Je crois entendre encor le fils de France,
Pardonnant à l'erreur, oubliant plus d'un tort,

Nous dire avec l'accent d'une tendre éloquence :
C'est entre nous à la vie, à la mort.
Ce mot charmant, ce mot si plein de flâme,
S'il peint vos sentimens, peint aussi notre ardeur.
En nous découvrant votre cœur,
Vous avez deviné notre âme;
A la vie, à la mort, oui, nous le répétons,
Ce doux serment qui nous rallie,
C'est là le nœud sacré qui lie
Les Bourbons à la France, et la France aux Bourbons.
Tous vos intérêts sont les nôtres,
Nous avons dans vos mains placé notre bonheur;
Et, pour ne point quitter les drapeaux de l'honneur,
Nous resterons à jamais sous les vôtres.
Vous avez accueilli nos vœux :
Ah ! recevez encor notre promesse
De vous aimer toujours avec la même ivresse
Que si vous étiez malheureux.
Contre les factieux, assidus sentinelles,
Le zèle nous forma, le zèle nous soutient;
Vous êtes entouré d'amis francs et fidèles;
C'est la garde qui vous convient;
Ce qu'ils ont dit cent fois, ma muse le répète.
Pourraient-ils ne pas m'approuver?
Ils auraient pu choisir un plus brillant poète;
Mais leurs cris joyeux vont prouver
Qu'ils n'auraient jamais pu trouver
De leurs vrais sentimens de plus sûr interprète.

NOTES.

(1) L'auteur a eu l'honneur de lire ces vers à S. A. R. Monsieur, le 12 avril 1817 ; il portait la parole au nom de la Garde nationale parisienne. S. A. R. a reçu cet hommage avec la plus vive émotion, et a dit à l'auteur : *On ne peut répondre à de pareils vers qu'avec le cœur.*

(2)   Le jeune Henri, car c'est lui qui va naître.

Si S. A. R. Madame la Duchesse de Berry donne le jour à un fils, le Roi a permis qu'il s'appelât Henri.

~~~~~~

Anniversaire du 3 Mai 1814. [1]

AU ROI.

SIRE, le charme heureux des plus grands souvenirs
    Au pied du trône nous rappelle,
    Et cette époque solennelle
    Est le signal de nos plaisirs.
    Objets constans de vos sollicitudes,
Nous venons tous les ans rendre grâce à vos soins;
L'amour a ses devoirs, le cœur a ses besoins ,
    Et le bonheur ses habitudes.
L'indulgente amitié m'a confié l'emploi
    Qu'en ce jour elle me conserve,
    L'insigne honneur de parler à mon Roi :
    Pour lui je suis sûr de ma verve;
Pourtant, j'en fais l'aveu, souvent j'ai souhaité
    Que tout-à-coup elle devînt semblable
    A votre esprit, comme à votre bonté,
    Pour qu'elle fût inépuisable.
Dans un si beau sujet, je n'aurai pas recours
Au luxe des rhéteurs, à leurs brillans détours.
    Je parlerai la plus douce des langues,
    Celle du cœur, qui plaît toujours,
Et je vous sauverai l'ennui des longs discours :
HENRI QUATRE, on le sait, n'aimait pas les harangues (2).
    Après vingt ans, Dieu voulut exaucer

De vos sujets les vœux sincères,
Et sur le trône de vos pères
Sa justice vint vous placer.
De ce beau patrimoine, illustré d'âge en âge,
Vous jouissez à votre tour,
Et vous voyez par notre amour
Que rien ne manque à l'héritage.
Comment, du jour qui vous rendit,
A vous une couronne, à nous une patrie,
Retracer l'époque chérie?
Le cœur s'oppose au travail de l'esprit.
Peindrai-je la foule empressée
Se disputant le bonheur de vous voir,
Redoublant d'amour par l'espoir,
Et n'ayant plus qu'une pensée?
Montrerai-je à vos yeux ravis
Tous nos braves guerriers, ces brillans favoris,
De Bellone et de la Victoire,
Qui vous offraient, légitimant leur gloire,
Des touffes de lauriers dans des bouquets de lys;
Et ces bons Vendéens, qui de leurs longs services
Laissaient voir le signe éclatant,
Fiers de leur pauvreté, beaux de leur dénûment,
Et parés de leurs cicatrices?
Il entre, le Roi désiré!
Le ciel est pur, Dieu le protège :
Pour entendre le chant sacré,
Tout Paris lui sert de cortège.
Il entre, le Roi désiré,
Dont nous admirons la sagesse!

Et, pour nous prouver sa tendresse,
Il nous donne un chef adoré :
C'est ce prince qui joint, simple et bon sans faiblesse(3),
Une indulgence heureuse au plus pur dévoûment,
La grâce à la délicatesse,
Et l'héroïsme au sentiment ;
Fait pour offrir tous les modèles
Aux citoyens comme aux guerriers,
Le plus loyal des chevaliers,
Le premier des sujets fidèles.
Que de bienfaits sont dus à ce beau jour !
Il rendit un père à la France.
Aussi, pour célébrer ce fortuné retour,
Vous voulez, acquittant notre reconnaissance,
Et charmant à-la-fois l'esprit et les regards,
Que la fête des cœurs soit la fête des arts (4).
Vous ordonnez, leur temple s'ouvre :
Soudain à nos yeux se découvre
Des peintres le salon brillant :
Plus d'un tableau fini, plus d'un portrait parlant,
Du connaisseur mérite le suffrage ;
Mais, j'en conviens, s'il me paraît charmant,
C'est qu'on voit par-tout votre image.
Non loin de là, le même jour,
Nos savantes académies
Par vos ordres sont réunies,
Et des neuf Sœurs représentent la cour.
Toutes les neuf, je le confesse,
N'ont pas des disciples soumis ;
Le désir de briller trop souvent leur adresse

Plus de courtisans que d'amis;
En vain la foule qui s'empresse,
De Melpomène en tous lieux suit les pas :
Elle rêve à Racine, et croit encor l'entendre;
Aucun auteur ne songe à le lui rendre :
Et depuis que le ciel ordonna le trépas
D'un poète si pur et d'un amant si tendre,
Melpomène, voilant ses lugubres appas,
Verse des pleurs et n'en fait plus répandre.
Thalie, à qui l'hymen réussit une fois ,
Mais que rien ne saurait consoler de Molière,
Pleure de même, et gémit sous le poids
De son veuvage séculaire.
Pour ces deux Sœurs, si le sort est contraire,
D'autres n'ont pas un si cruel destin;
Et de Clio, du moins, le succès est certain,
Puisqu'elle écrira votre histoire :
C'est elle qui saura, d'un immortel burin,
Orner de votre nom le temple de mémoire;
Elle dira : Les Français malheureux
Obéissaient aux caprices d'un maître;
Louis revient au milieu d'eux,
Et la France semble renaître;
Juste dans ses calculs, ferme dans ses desseins,
Il devient pour l'Europe un arbitre suprême,
Et le flambeau des lois allumé par ses mains,
Éclairant ses sujets, guide le Roi lui-même :
Aux plus rares vertus son cœur donne l'essor;
Vainement des saisons la funeste inclémence
S'oppose au bonheur de la France

3*

Et veut le retarder encor,
Louis sait la combattre ; il ouvre à l'indigence
Et sa grande âme et son royal trésor
De ses nobles parens la bienfaisance brille ;
A ses présens ils unissent leurs dons,
Et la famille des Bourbons
Soulage son autre famille.
Tous les maux que nous cause un sort trop rigoureux,
Leur activité les répare,
Et plus la nature est avare (5),
Plus nos princes sont généreux.
Oui, Sire, de ce règne en beaux traits si fertile,
Voilà ce que dira l'historien habile,
Voilà ce qu'il dira de vous,
Et sa tâche sera facile,
Il écrira ce que nous pensons tous.
Mais, que dis-je ? à l'instant vous recevrez vous-même
Les tributs que l'on doit à vos rares bienfaits ;
Toujours le Prince que l'on aime
L'apprend par ses propres sujets.
Bientôt de votre capitale
Vous allez parcourir les populeux faubourgs,
Et vous serez ravi de ces naïfs discours,
De la franchise joviale
Que le peuple pour vous témoigne tous les jours.
En vous voyant, plus d'une heureuse mère
Dira : Bon Roi, je te bénis ;
Mon fils aîné mourut victime de la guerre,
Et je te dois mon second fils.
L'artiste s'écrira : De ta munificence,

Grand prince, j'ai reçu d'honorables loisirs;
Je te dois des talens qu'énerve l'indigence,
    Et qui meurent dans les soupirs.
Enfin, SIRE, par-tout de votre bienfaisance
    On va bénir le doux emploi,
Et votre promenade en cette ville immense
    Doit être un long *vive le Roi !*
    Vous verrez la même affluence;
Vous entendrez par-tout les mêmes cris,
Et vous croirez, en parcourant Paris,
    Faire le voyage de France.

NOTES.

(1) L'auteur a eu l'honneur de lire ces vers au Roi le 3 mai 1817; il portait la parole au nom de la Garde nationale parisienne. S.M. a reçu cet hommage avec sa bienveillance accoutumée.

(2)   Henri quatre, on le sait, n'aimait pas les harangues.

Tout le monde sait que ce bon et grand Roi avait une antipathie prononcée pour les harangues. On se rappelle cette répartie si piquante du Béarnais à un maire de village, qui, voulant le haranguer, s'embrouilla dans un compliment qui commençait ainsi : « Sire, on a vu Alexandre..... Alexandre..... , » et il ne pouvait continuer. Henri **IV**, accablé de fatigue, et pressé de se mettre à table, lui dit en riant: « Monsieur le Maire, Alexandre avait diné » et je meurs de faim. »

(3)   C'est ce prince qui joint, simple et bon sans faiblesse.

Je n'ai pas besoin d'en dire davantage : ce portrait nomme le modèle.

(4)   Que la fête des cœurs soit la fête des arts.

Le Roi a voulu que l'ouverture du salon et la réunion de toutes les Académies à l'Institut eussent lieu le 24 avril, jour anniversaire de son arrivée à Calais.

(5)   Et plus la nature est avare,
        Plus nos princes sont généreux.

Ce que donnent nos princes est incalculable : souvent même ceux qui sont les objets de leur générosité ignorent la source de leur bonheur, parce que les bienfaiteurs se cachent. Comme je l'ai dit ailleurs, *ce sont leurs dépenses secrètes.*

~~~~~~

Anniversaire du 8 Juillet 1815. (1)

AU ROI.

Avec le mois, signal de nos plaisirs,
   Notre bonheur se renouvelle :
   Quels doux et brillans souvenirs
   Ce mois fortuné nous rappelle !
C'est en juillet que, pour voler vers vous,
Nos soldats citoyens, nobles, marchands, artistes,
Surent exécuter, malgré les yeux jaloux,
   Leurs escalades royalistes;
C'est en juillet que nos Princes chéris,
A nos regards rendirent leur présence,
   Que le Roi délivra Paris,
   Que Paris délivra la France :
C'est en juillet que du Roi Béarnais (2)
On célèbre la fête, on chante la clémence :
Dans les fastes sacrés de la reconnaissance,
La Fête d'Henri quatre est celle des Français;
C'est en juillet encor, que de son alliance
   Réalisant les bienfaits attendus,
   Une Princesse bien aimée
   A la Capitale charmée,
   Doit donner un Bourbon de plus;
C'est en juillet enfin que la nature
Va surpasser, doublant notre bonheur,

Par des richesses sans mesure ;
L'espérance du laboureur ;
Et prodiguant à notre impatience
Tout le luxe de ses trésors,
Est tout près d'expier des torts
Que réparait votre munificence.
De tes destins jouis, heureuse France:
Des complots les ressorts brisés,
Les maux guéris, les troubles apaisés,
D'un Roi qu'on aime attestent la puissance;
Tout ce qu'il dit est bien, tout ce qu'il fait est bon :
Des lois les organes augustes
Se souviennent, pour être justes,
Qu'ils parlent toujours en son nom.
L'armée, ajournant la victoire,
Tranquille avec grandeur, et calme avec fierté,
Ne prend pas le bruit pour la gloire,
Et place son honneur dans sa fidélité;
Pour les Bourbons toujours prêts à se battre (3),
Ils ont déjà prouvé, ces braves bataillons,
Que les petits-fils d'Henri quatre
Seront servis, quand il faudra combattre,
Par les petits-fils des Crillons.
Ils suivent les conseils que la vertu leur donne ;
Et ces intrépides guerriers,
Nobles soutiens d'une sainte couronne,
Feront croître les lis à l'ombre des lauriers.
Pour prix des soins qui sont votre partage,
Roi clément, puissiez-vous, dans le sein de la paix,
Jouir long-temps du bonheur des Français,
Comme on jouit de son ouvrage !

NOTES.

(1) L'auteur a eu l'honneur d'être admis dans le cabinet du Roi, le 9 juillet 1817, et de lui lire ces vers au nom de la Garde nationale parisienne. S. M. était entourée de Mgr. le duc de Duras, premier gentilhomme de la chambre ; de M. le comte de Boisgelin, maître de la garde-robe ; et de MM. les ducs de Reggio, d'Escars, d'Havré et de Grammont. M. de Chazet ayant supplié le Roi d'agréer le Recueil de tous les Anniversaires, S. M. a bien voulu lui répondre : « Je suis très-content de ce que je viens d'entendre, et j'accepte » votre Recueil avec grand plaisir. »

(2) C'est le 15 juillet la fête d'Henri IV, patron des Chevaliers de la Légion d'honneur.

(3) D'après les rapports transmis par les différens journaux, et particulièrement par le Journal des Maires, on a vu que la conduite de l'armée était digne des plus grands éloges.

Anniversaire du 12 avril 1814. (1)

A S. A. R. MONSIEUR.

QUATRE ans sont écoulés depuis ce jour flatteur,
  Depuis ce jour si plein de charmes
  Qui vint dissiper nos alarmes ;
Avant de vous revoir, nous pleurions de douleur ;
  Votre aspect seul nous rendit le bonheur ,
  Et le plaisir nous fit changer de larmes :
  Nous oublions et nos tristes débats,
Et les maux envoyés par un destin contraire ;
Mais nous sommes Français et nous n'oublions pas
  Ce doux et noble anniversaire.
Combien de vos discours nous aimions la candeur,
  Et quels accens furent les vôtres !
  Les mots charmans sortis de votre cœur
  Resteront toujours dans les nôtres.
Eh ! comment refuser nos hommages constans
  A la famille tutélaire
Par qui la France a fleuri deux cents ans
  Dans une gloire héréditaire !
Quand nous sommes heureux, nos princes sont contens :
A leurs vertus tous les jours ils ajoutent
  Des traits qui doivent nous toucher;
  Jamais les bienfaits ne leur coûtent,
  Que l'embarras de les cacher.

Tout Paris n'a-t-il pas naguère,
Quand l'Odéon s'écroula consumé,
N'a-t-il pas vu votre fils bien-aimé (2)
Développer son noble caractère ?
    Pour lui le danger n'est qu'un jeu,
    Il le brave, il se multiplie,
    Enfin, il vole à l'incendie
    Tout comme s'il allait au feu.
Vainement pour masquer un rang qui l'importune,
Il trompe les regards sous un modeste habit,
    On reconnaît son âme peu commune,
Et c'est par la bonté qu'un Bourbon se trahit.
    Ah ! voilà, trop heureuse France,
Les princes que le ciel accorde à ton amour ;
    A force de reconnaissance
    Sache les mériter un jour.
Et vous, qui de nos cœurs appréciez l'offrande,
Recevez le serment de vous aimer toujours,
    Nous le jurons par *les cent jours*,
    Et par le chef qui nous commande (3).
Oui, nous vous chérissons comme on chérit les siens :
Français, vous partagez nos plaisirs et nos peines,
Esclaves malheureux, nous brisâmes nos chaînes,
    Enfans soumis, nous aimons nos liens,
    Nos promesses ne sont pas vaines :
Vive Louis et *vivent les Bourbons !*
Nous l'avons dit cent fois et nous le répétons ;
En prononçant ces mots tout notre cœur s'enflâme,
    Nos transports sont toujours nouveaux,
Et lorsque l'on grava ce cri sur nos drapeaux,
    On l'avait puisé dans notre âme.

NOTES.

(1) L'auteur a eu l'honneur d'adresser ces vers à S. A. R. Monsieur, au nom de la Garde nationale parisienne : ce Prince les a écoutés avec sa bienveillance accoutumée, et a dit ensuite à l'auteur : « Je suis très-content de vos vers, et je les apprécie double- » ment au milieu de la Garde nationale. »

(2) Tout le monde sait avec quel noble empressement S. A. R. Mgr. le Duc de Berry s'est rendu à l'Odéon le jour de l'incendie ; ce Prince, qui avait pris le costume le plus simple pour ne pas être reconnu, est resté depuis trois heures de l'après-midi jusqu'à neuf heures du soir, confondu avec les citoyens de toutes les classes et travaillant comme eux à prévenir les progrès du feu.

(3) M. le Maréchal duc de Reggio.

Anniversaire du 3 mai 1814. [1]

AU ROI.

FRANÇAIS, il est toujours présent
 A notre mémoire ravie,
 Ce jour si pur et si brillant
 Qui vint changer en un moment
 Les destins de notre patrie.
 Déjà, pour la troisième fois,
Le sentiment suffit à ma Muse inspirée,
 Et devant le meilleur des Rois
 Je viens fêter cette époque sacrée.
Je ne puis être neuf, et c'est là ma frayeur;
Mais, Sire, peut-on l'être en disant qu'on vous aime?
D'ailleurs, si mon esprit paraît toujours le même,
 C'est vous prouver qu'il ressemble à mon cœur.
Eh! qui pourrait couvrir d'un triste et froid silence
Ce jour qui sut lier par de solides nœuds
 Les souvenirs à l'espérance,
 Ce jour qui comblant tous nos vœux
 Et nous rendant nos pères et nos maîtres,
 Nous annonça que nous étions heureux,

Et que les Rois de nos ancêtres
Seraient les Rois de nos neveux?
C'est en ce jour, vraiment magique,
Que l'on a vu deux peuples ennemis
Rapprochés en nommant Louis,
Au bruit nouveau pour eux d'un canon pacifique
S'embrasser et se croire amis.
Il sera célébré ce noble anniversaire,
Tant qu'on admirera, dans un respect pieux,
Cette princesse auguste et chère,
Modèle des cœurs vertueux,
Et que le ciel prête à la terre
Pour soulager les malheureux.
Il sera célébré, tant que pour sa franchise
Notre bon général partout sera cité,
Tant que la grâce et l'affabilité
Seront son aimable devise :
Il sera célébré, tant que chez les Français
On aimera les Bourbons et la gloire;
Il sera célébré, tant que de vos bienfaits
On conservera la mémoire :
On est bien sûr alors, comme chacun peut croire,
De le célébrer à jamais !
Depuis ce jour, à nos hommages
Combien vous acquîtes de droits !
Des passions vous calmez les orages,

Et votre règne est le règne des lois :
Réunis par le cœur, serrés autour du trône
Que la bonté céleste a relevé pour nous,
　　　Nous suivrons, en nous aimant tous,
　　　L'exemple que le Roi nous donne ;
Nous jouirons enfin de cette douce paix
　　　Qu'un ciel indulgent nous accorde,
Et nous nous souviendrons, pour goûter ses attraits,
　　　Que le flambeau de la discorde
Brûle, embrâse, consume, et n'éclaire jamais.

NOTE.

(1) L'Auteur a eu l'honneur d'être admis le 4 mai 1818, dans le Cabinet du Roi, après son déjeûner : il a lu ces vers en présence de S. M. et de S. A. R. Madame, Duchesse d'Angoulême, qui ont bien voulu lui témoigner leur satisfaction de la manière la plus flatteuse : l'Auteur se retirait, pénétré de reconnaissance, lorsque le Roi a eu la bonté de le rappeler, et de lui demander une copie de ses vers.

———

DE L'IMPRIMERIE DE P. GUEFFIER.